홍시 하나

홍시 하나

글쓴이 / 황경태
펴낸이 / 孫貞順
펴낸곳 / 모아드림

1판 1쇄 / 2005년 12월 9일

120-193 서울 서대문구 북아현3동 180-22
전화 / 365-8111~2
팩시밀리 / 365-8110
E-mail / morebook@korea.com
　　　　morebook@morebook.co.kr
http://www.morebook.co.kr
등록번호 / 제2-2264호(1996.10.24)

ⓒ황경태 시집
ISBN 89-5664-082-0

값 7,000원

홍시 하나

황경태 시집

　　정년을 앞둔 의과대학 교수가 전공 분야와는 생소한 시집을 펴낸다는 것이 어쩐지 겸연쩍은 생각이 들어 여러 번 망설이기도 하였으나, 이제는 숨기거나 가릴 것도 없는 나이에 어리석음에 가까운 용기와 교실원 그리고 동문 여러분들의 격려에 힘입어 정리해 보았습니다.

　　한평생 cmc와 함께 살아오면서 옷깃 스쳐간 크고 작은 인연들을 회상해 보며 마음으로 바라보았던 희로애락의 편린들을 61편의 시에 담아내니 어느 것 하나 소중하지 않은 것이 없게 되었고, 교수실 이곳저곳에 던져 두었던 원고들을 한데 모아야 하겠다는 작은 소망과 욕심이 자리하게 되었음도 부인할 수는 없습니다.

　　세월이 감성마저 녹슬게 하였음인지 응축된 언어로 어구를 가다듬고 은유하는 일이 결코 쉬운 작업은 아니었으나, 한동안 뇌리를 맴돌기만 하던 시어 하나를 찾아내었을 때의 기쁨은 어디에 비할 바 없는 큰 행복이었기에 제 생애에 오래오래 기억될 것입니다.

비록 우둔한 문필을 선보이는 부끄러움이 있더라도 정성을 기울여 만든 작품이오니, 한 편의 시를 읽어 갈 시간에 저에게 좀더 가까이 다가설 수 있는 디딤돌이 되길 바랍니다. 잠시만 이라도 제 삶의 소리에 공감하실 수 있다면 더할 수 없는 보람 이 될 것이기 때문입니다.

지난 긴 세월, 변함없이 저를 아껴주시고 믿음으로 감싸 주 셨던 학내외 친지 여러분들과, 평생 내조하며 살아온 사랑하 는 아내에게 이 시집을 바칩니다.

끝으로 항상 곁에서 조언을 아끼지 않으신 전 대학원 교학 차장 정행교 시인, 이 시집의 해설을 흔쾌히 허락해 주신 이우 걸 선생님, 그리고 출판을 맡아 주신 도서출판 「모아드림」 손 정순 사장께 깊은 감사의 말씀을 드립니다.

2005년 12월
황 경 태

차 례

自序

제1부

제2부

제3부

제4부

제1부

흔들바위
— 설악에 올라

밀면
흔들흔들

흔들리는 큰 바위

설악의
팔기八奇 가운데
하나라고 으스대지만

세상에
흔들리면서 사는 이
어찌
너 혼자뿐이랴.

홍시 하나

허울 다
떨궈내고
홍시 하나 덩그러니

바알간
늦가을이
허공에 걸려 있다

인욕人慾이
채 닿지 못한
하늘 가지 꼬옥 잡고.

풋감에
햇살 담아
구워낸 등불인 양

저녁 노을 펼쳐 놓고
무위無爲의 춤을 춘다

채워도
허기진 마음
허울 쫓는 나를 본다.

소아 병동 1
― 난동暖冬에 핀 봄꽃을 보며 조산아를 생각한다

눈치없이
싹 틔우고

바깥 세상 엿보려다

한파에 움츠리는
철부지 꽃망울들

가녀린
향기의 신음
서럽기도 하련마는,

남의 탓
아니 하고
모진 세상 원망 않고

링거 줄
한 가닥에

신의 은총 매달은 채

모정을
그리워하며
뜬눈으로 새우네.

소아 병동 2

비바람이
힘에 겨워

져버린 잊혀진 꽃

일찍이
삶이 허무한 걸

깨우쳐 준 너이기에

이제 와
못 다한 정성
괴로움을 삭인다.

소아 병동 3
— 대발작 간질환자를 보며

말 못할 아픔 있어

모르는 척 하였는데

어이해
새벽 흔들어

어둠을 깨우느냐

행여나
이 혼미한 세상

흔들면 깨어날까.

*나중에 완치되면 나라를 흔드는 큰 인물이 될 것이라고 부모에게
덕담 하며 위로하였던 기억이 새롭다.

수석 水石
― 파도 문양을 보며

해변에
누워 잠자던

고독의 화려한 외출

정지된 시간들이 부스스 깨어난다

태곳적
침묵의 신비
소리 되어 일어선다.

어둠이
남기고 간

전생의 이야기들

파도의 넋이 되어 바람에 일렁이지만

내 어이
헤일 수 있나
속 깊은 그 언어를.

돌부처

얼마나
속 마음을

단단히 다졌길래

싫어도 내색 않고 모든 이 반겨 줄까

밤 되어
외로워져도
눈물 아니 흘릴까.

슬픔도 괴로움도
안으로 접어두고

언제나 미소 지으며 손 모아 기도하네

못 갚을
중생의 업고
안스러워 그럴까.

섣달 그믐
— 제야의 종소리를 들으며

올해에
못 이룬 꿈

헤어보니 여럿인데

남들은
속 모르고

모자람 없다 하네

이보게
해 바뀌는데
어찌
무상無想하리.

단풍 1
― 일편단심

강산이
붉게 물든 것은

추워서일 뿐입니다

행여
꿈속에서
다시 만나 뵙더라도

속마음

초록빛 마음

의심하지 마옵소서.

단풍 2
— 월정사에서

미처
모르고 있었다

남겨진 생
불사르는 것

사라져가는 모습
아쉬워하는
마지막 몸부림을

그리고

황홀한
아름다움의
그림자도 슬픔임을.

파도

가슴에
맺힌 설움

단숨에 털지 못해

긴 세월 몸부림에
옷깃만 적시우네

언제쯤
바람 잠들어
이 거품 잦아들까.

잊으며 가려 해도
용서하며 살자 해도

무슨 한恨
그리 많아 줄지어 밀려오나

파도야
퍼어런 한아
고삐 없는 시름아.

오늘

오늘을
줍고 보면

남은 건 어제일 뿐

하지만 다시 헤면
내일 있어 사는 삶

오늘도
하루의 선물
감사하며 삽니다.

마음 다공증
─ 골다공증을 떠올리며

수없이
다녀간 세월의 흔적이라

어찌할 수 없다지만

텅 빈
내 마음이여

막아도 막아지지 않는

텅 빈
바람 구멍이여.

고백실에 들어서면

고백실에 들어서면

눈앞이 캄캄해져

동공에
숨긴 위선偽善
낱낱이 고백하네

어둠이
마음의 문도
열어 주나 봅니다.

지은 죄 부끄러워 감추려 했습니다

지은 죄 너무 많아 두려워했습니다

마음이 너무 괴로워 달아나려 했습니다.

후회

길이고
아닌 것을
알 만한 나이련만

지름길 곁에 두고
너무 멀리 돌아왔네

얼마큼
나를 살펴야 님의 마음 헤일까.

이 길이
아닌 줄
번연히 알면서도

언제나 생각일 뿐
내키지 않는 걸음

언제쯤
당신 곁으로 다가갈 수 있을까.

입춘
— 백련사에서

아침 예불
드리면서

부처님께 기원하고

오신채* 먹으면서
맘속에 채워 본다

올해도
타래실 풀 듯
모든 일이 잘되기를.

*오신채五辛菜: 입춘날 먹는 맵고 쓰고 쏘는 맛을 내는 다섯 종류의 모
듬나물로, 온 가족이 5가지 괴로움을 참으며 화목하게 살아가라는 뜻이
담겨져 있다고 한다.

무인도 無人島

세상사
잊으려고

해수에 몸 담그고

피안에
사는 네가
더 없이 부럽거늘

또 무슨
명상에 잠겨
넋두리를 하느냐.

제2부

망설이다가

망설이다가
바람에 실어

그리움 전했는데

내 가슴
덜컥 내려앉는다

아마도
그 님 가슴에
그리움
얹히는 소리이겠지.

잠 설치다가

밤새도록
잠 설치다가, 깨어난 자리

마음 한구석이 몹시 허전하다

아마도
간밤에는

님이
나 몰래 다녀가셨나 보다.

미련

미련은
먼저 나고

슬기는 나중 난다더니

미운 정
고운 정

모두 뿌리쳐 버리고

이제 와
하늘 탓하며
후회하는 미련함이여.

사랑에 대한 소묘

이리 뒤척
저리 뒤척

밤새도록 잠 못 이루게 하는

구불구불
굽이굽이

꿈길 헤매이게 하는

그리고

꿈에서
깨어나기 전까지
그것은
꿈이 아닌 것.

세상 인심

봄 백양
가을 내장

철따라 붐비더니

꽃 지고
단풍 지니

인적人跡은 간데없고

길 잃은
산새 한 마리
어미 찾아 우짖네.

춘투春鬪
― 뜰에 핀 봄꽃을 보며

봄 마중
나왔는지
옹기종기 모여 앉아

꽃망울
터뜨리며
무언가 수군댄다

한바탕
색깔 논쟁이
또
벌어질 조짐이다.

음지와 양지

밤 사이
서리 내려

세상은 흰 옷을 입고

꽃과 풀들은
고개를 숙이는데

철 만난
국화 향기만
온 뜰에 가득하네.

설중 묵상雪中默想

무엇을
감추고 싶어
하얗게 덧칠하며

무슨 업
가지에 얽혀
눈꽃으로 피어날까

쌓인 눈
밟히는 소리
눈보다 시리웁다.

얼마나 더 내려야 장벽이 지워지고

얼마나 더 덮여야 패인 상처 아물까

천지는
한 폭 풍경화
동심의 순백인데.

난을 보며
— 산실에서

허공에
기대어 서 있는
곧은 의지 단아한 기품

한 떨기
고운 빛으로
산고를 다독이네

모자람
없는 행복을
향기가 실어 나르네.

결혼하는 날

청홍 실
고운 인연
오늘 위해 쌓은 정성

두 손을 꼬옥 잡고
사랑을 다짐했네

서로의
우산 되기로
하객 앞에 서약했네.

하늘이
내린 원앙
인술의 영원한 동반자

새 출발 행진하며
행복을 지피었네

황금빛
내일을 향해
대망의 돛을 올렸네.

무상無常 1

가을 잎
가벼워지면

저 홀로 떠나듯이

허욕에
들뜬 마음

세월에 매고 배 띄우니

이제야

삶의 욕심 벗어난

철부지의 무심이네.

무상無常 2

인간사
모든 것

새옹지마라 해도

세월이
머문 자리

미련도 있으련만

이제와
훌훌
벗어던지고 나니

빈손의 원점일세.

무상無常 3

인술의
등불 밝히려

마음 밭 김매어 온 어제

나그네
살아 온 길에
영욕도 없었건만

거울에
비추인 은발

마주 보니 아쉬워지네.

*항상 마음의 밭을 갈고 김매며 살아가려는 다짐으로, 호를 심운心
耘이라 하였다.

무상無常 4

두 나그네

눈길을 말없이 걷고 있는데

한 사람 발자국만

점 점 남아 있다

아마도

앞서 간 발자국

되밟으며 갔는가 보다.

무상無常 5

햇볕에
하루 구우니

서쪽 하늘에 놀이 지고

햇볕에
세월 구우니

인생 황혼기를 맞는다

감았다

눈뜨는 사이가

이 세상 삶이구나.

설날 아침

또,

한 해를 지우며

굳게 다짐해 본다

한 살

더 먹은 만큼

삶의 욕심 버리리라

한 살, 또

잃은 그 자리

덕으로 채우리라.

겨울 나그네
— 낙엽을 보며

얽매임
털어내고

저 홀로 길 떠나니

한때의 푸르름도
모두가 허상인 걸

이제 와
생각해 보니
무가애*의 지혜였네.

가을을
배웅하고
뒹구는 인연 하나

욕심 한줌 내려놓고
피안으로 노 저어도

어차피
공수거인 삶
무소유면 어떠리.

*무가애: 옹색하지 않은 자유롭고 대범한 마음.

제3부

골프와 108번뇌

홀 직경 108mm

미스 샷 이유도 108가지

매 홀마다
더블 보기를 하면

스코어도 108

세상사

108번뇌와

어쩌면 이렇게도

맞닿아질까.

어떤 삶
— 비누의 일생

제 몸
스스로 녹여

흔적을 감출 때까지

닳아지는
아픔 안고 일생을 마친다

세상에
이런 희생을
받아들이는 이 몇이나 될까.

길 없는 길 허공에서
— 비행기 창밖을 보며

구름 저편
하늘나라
길 없는 길 허공에서

속세 한 폭 굽어보며
머리속에 그려본다

다 비운
우주의 마음
하해 같은 사랑을.

신호등
없는 거리
담장 없는 하늘처럼

서로가 마음 열면
못 이룰 일 없으련만

저마다
등 대고 서서
너 먼저 열라 한다.

입양아

한 나무에

또 하나의 가지를 접붙였다

접붙인
실가지에

새싹 눈뜨리니

이제는
한 핏줄이 되었네

더 이상 외롭지 않을.

해프닝 1

어디가
아파서 오셨느냐고

의사가 묻는 말에

그것을 알면
왜 병원에 왔겠느냐고

할머니
버럭 화를 내며
창 밖으로 고갤 돌린다.

해프닝 2

응급실에서
볼 수 있었던 웃지 못할 대화

보호자에게
환자와의 관계를 물어 보면

한달에
서너 번 갖는다면서
몹시
쑥스러운 표정.

해프닝 3

의대 본과 3학년
하계 무의촌 진료소에서

한 아낙네
아이의 열이 높다며 데리고 왔다

3학년,
본과 학생이라면
아이 병은 고칠 거라고.

고목 1
― 독거 노인을 생각한다

뜰에
홀로 서 있는 고목

온종일 수심 가득하다

나이테
헤아려 보니

아직은 정정해 보인다

아마도
벌 나비 발길 뜸해
마음
더
추운가 보다.

고목 2
— 퇴원하던 날

고목에 새싹 돋고

꽃망울 부풀어 오르니

노모老母의

얼굴에도 생기가 돋는다

돌아온

초록 향기에

소녀처럼 볼이 붉다.

어머니

성공만
기원하고
늙는 줄 모르시던

긴 세월 역경 속에
깊게도 접힌 주름

어이해
삶의 뒤안길
잊을 수가 있을까.

고생 끝에
낙樂 온다고
지친 몸 마다 않고

물빨래 젖은 손에
시름을 씻으면서

남몰래
눈물 흘리던
서러움을 어이 알리.

고드름

무엇이 안타까워

가던 길 멈추었나

온밤을 꼬박 새며

응어리 간직했네

해 뜨면

헤어질 운명

서러워서 그럴까.

성묘

이 다음
어른 되면
효성을 다하리라

어릴적 이런 다짐
한 적도 많았는데

성묘 후
되돌아서니
회한만이 쌓이네.

떠난 님
말 없는데
넋이라도 오셨는지

기제사 올리려니
뉘우침 맴을 돌며

그리던
생전의 모습
어둠 타고 내리네.

노송 老松
— 자화상

사계절
내내, 푸른 빛

더하거나 바래지 않고

비바람
몰아치면

버팀목 되어 껴안아 주며

시린 몸
홀로 안은 채

그렇게 살고 있네.

회상 回想

나그네
둘러본 세상
헤어보니 잠깐 세월

때론 눈서리 비바람에 시련도 있었지만
하늘을 우러러보며 유년의 꿈 일구었다.

흰 가운 스치고 간
해맑은 눈망울들

늦도록 불 밝히던 형설의 추억들이
한 편의 영상이 되어 새록새록 떠오른다.

꽃 피고 지는 것이
섭리인 줄 알면서도

옛정이 아쉬웁고 벗들이 그리워진다
그래서 해가 질 때면 노을 지는 것일까.

이제는
앞서거니 뒤서거니 가림도 없이

풋풋한 사랑 나누며 영혼을 살찌우리

나 항상 깨어 있음에 감사하는 마음으로.

제4부

네 마음 잡으며

너는 그리움
나는 술래

마음이 가까우면
천리 길도 지척이라는데

꼭꼭 숨은들
어찌 못 잡을손가

이제는
옷깃 잡지 않고
네 마음 잡으며 살리라.

달님이 되었나 보다

낮에는
흰 구름에
그리움 수繡놓아 보고

밤에는
둥근 달에
님의 얼굴 새겨본다

그래서
님은
구름과
숨바꼭질하며 살아가는
달님이 되었나 보다.

섭리

나이 들면

가까운 건 어렴풋이 보이고
기억이 머물 곳은 점점 밀려만 나니

나이가 들면

아옹다옹 삶의 집착 벗어나

이 세상
멀리 보며
가슴으로 살라는
신의 섭리 되새겨지네.

근심

해탈이 기다려지는 나이

아직도 못 다한 일
무어 그리도 많길래
근심거리 하루도 그칠 날 없다

세월이 약이라지만
뜰에 나는 잡풀처럼
뽑고 또 뽑아도 새로 돋아나기만 한다

하지만 어찌하겠는가

생명의 씨앗이
열매 속에 숨겨져 있듯이
근심 또한 우리네 삶의 징표인 것을.

들꽃 같은 장애아들

늘
작은 미소와
몸짓으로

삶의 소중함을 일깨워준 너

말은 못해도
엉클어진
세상사

다 보고 듣는데

외진 곳에
피어 있는
이름 모를 꽃이라고
찾는 이도 없네.

해프닝 4

인턴 시절
교수님 목소리를 흉내내며
당직에게
전화로 처방을 지시한다

수화기 앞에서
굽실거리며
절절매는 모습이
눈에 선하다

이렇게 하고 나면
하루의
스트레스가
말끔히 가신다.

해프닝 5

복통이 있는 4세 어린이

배를 진찰하며
떡볶이가
만져진다고 말한 적이 있었는데

얼마 후
열이 나서 다시 데리고 왔다
배를 만지려니까
갑자기 발버둥을 친다

영문을 알고 보니
엄마 몰래 사먹은
불량식품이
들통날까 봐 그랬다고 한다.

해프닝 6

지금까지도
이따금 시달리는

의대생 시절의 악몽 하나

시험지 받아 놓고
밤새도록 애태우며
진땀을 흘리다가 소스라쳐 눈을 뜬다

그것은
다시 떠올리고 싶지 않은
긴
고통의
터널이었다.

소아 병동의 사계四季

산과 들에 꽃이 피네
빨간 꽃이 피네
꽃 향기
혜풍惠風따라
아이의 얼굴에도
열꽃이 피네

산과 들에 소낙비 내리네
온종일 주룩주룩 내리네
빗소리
훈풍薰風따라
아이의 뱃속에도
궂은비가 내리네

산과 들에 감이 물드네
노랗게 곱게곱게 물드네
황금빛 물결
금풍金風따라

아이의 하얀 눈동자도
노랗게 물드네

산과 들에 눈이 쌓이네
하얀 눈이 수북수북 쌓이네
눈꽃 송이
삭풍朔風따라
아이의 가슴속에도
기침 소리 쌓이네.

* 1970년대까지만 해도 소아질환은 철따라 특색이 있어 소아과 의사는 진찰실 안에서도 계절의 변화를 감지할 수 있었으니 봄에는 홍역과 같은 발진성 질환들이, 여름이 오면 설사병이, 가을 되면 A형 간염이, 그리고 겨울이 찾아오면 폐렴과 같은 호흡기 질환들이 유행하였기 때문이다.

이제야 알겠네
— 어느 겨울날 한강 둔치를 거닐며

이제야 알겠네
저렇게 고요히 흐르는 강물 속에
세찬 물살이 숨겨져 있음을
그리고
아무 말없이 천리 길을 흘러 왔고
바다에 닿을 때까지
또 흘러갈 것임을

이제야 알겠네
저 앙상한 가지 속에
초록빛 생명이 숨겨져 있음을
그리고
우주의 종말이 올 때까지
이 땅의 계절은 끝도 없이 순환하고
또 순환할 것임을

이제야 알겠네
우리네 인간의 삶 속에
수많은 고통이 숨겨져 있음을
그리고
소명召命을 다할 때까지
고통은 영혼을 더욱 아름답게 꾸며가고
또 강하게 다져갈 것임을

이제야 알겠네
이 다음 언젠가
저 강물이 꽁꽁 얼어붙는 날
초록빛 생명이 싹트지 않는 날
그리고 삶의 고통에서 해방되는 날
그 속에 숨겨진 삶의 밀어密語가
곧 내 인생이었음을.

아직도 그는 삶의 끈을 붙잡고 있다

그가
머무는 곳
어딘지 알 수 없지만

그는
운명의 고비마다
항상 내 곁에 있었다

아마도 그는
용서하기 전에 이미
나를 사랑하였고
사랑하기 전에 이미
나를 용서하였나 보다

아직도 그는
내 마음 한켠에 깊숙이 숨겨둔
또 하나의 나를
모르는 척 하면서
삶의 끈을 붙잡고 있다.

당신과 함께라면 외롭지 않으리

당신과의 이별은
어쩌다
사랑의 갈피 못 잡은
번뇌의
몸부림이었고

덧없이 흘러간
침묵의 세월은
마음의 상처
달래려는
기다림이었기에

이 풍진 세상
나그네 길
홀로 걸어도
나는
외롭지 않았네.

우리의 재회는

애당초
서로의 믿음 속에 이어진
무언無言의
약속이었고

덧없이 살아온
망각의 세월은
마음의 공허
채우려는
바람이었기에

이 풍진 세상
나그네 길
당신과 함께라면
나는
외롭지 않으리.

* 가톨릭의대 본과 2학년에 재학중이던 1963년 12월 23일 서울 대교
구 명동성당에서 영세(본명, 이시도로)하였고, 그후 냉담의 긴 세월이 있
었다.

번뇌와 속박의 그물 벗어나
영원한 삶을 누리소서
— 먼저 떠난 벗 임풍 교수를 생각하며(2001년 11월 28일)

의업을 인연의 끈으로 하여
35개 성상을 이어 왔던 우정의 탯줄 끊기고 나니
지난 세월
차곡차곡 다져온 영혼의 무게가
더없이 숭고하고
더없이 허망하여
마음속 깊이 뼈저리게 저며든다

누구나 초대받지 않은 불청객으로 태어나
이 세상에 잠시 머물다가
허락없이 빈손으로 떠나는 것이
인생이라 한다지만
이별도 죽음도 어느 것 하나
분명코 경쟁이 아닌데
생명보다 더 소중한 무슨 사연 있기에
이토록 우리를 애통하게 하는가

이승에서 못다한 나머지 인술의 몫은

우리가 서로 도와 가득히 채워 주리니
허공을 이리저리 떠도는
바람처럼 구름처럼
울타리 없는 하늘나라에서
번뇌와 속박의 그물 벗어나
영원한 삶을 누리소서

이 다음 언젠가
저승의 길목에서 우연히 마주치면
이승에 남겨둔 시간의 여백에서
보고 듣지 못한 사연들을
오순도순 들려 줄 테니

벗이여
하느님 곁에서
영원한 진리 깨달으며 행복하게 살게나.

겸허와 자성自省의 시학

이 우 걸
(시인)

1

황경태 시인의 시편들을 접하면 접할수록 이 시인의
인격에 대한 신뢰감이 두터워지는 것은 어쩔 수 없었다.
시를 읽고 문학적으로 감동하는 것과 인격적으로 신뢰
하는 것은 물론 다른 차원의 얘기지만 글이 곧 사람이다
는 견해에서 본다면 꼭 구별할 필요가 있는것도 아니다.
특히 우리의 전통에서 본다면 문인은 곧 문사였고 문사
는 곧 문인이었다. 그러한 혼용은 문인은 마땅히 문사라
야 한다는 독자의 기대와 요구의 결과라고 볼 때 더더욱
그러하다. 그렇다고 황 시인의 시들이 근엄한 표정만을

짓고 있는 것이 아니다. 때로는 정직한 고백의 언어로, 때로는 재치 있는 유머로 독자와 마주한다.

그의 시를 효과적으로 읽기 위해 두 가지 흐름으로 간추려서 정독하는 것이 편리하리라 생각된다. 그 하나는 생활의 시를 읽는 것이고 다른 하나는 수신修身의 시를 읽는 것이다.

2

황 시인은 의과대학 교수요 신경학을 전공하는 소아과 전문의다. 그런가 하면 독실한 가톨릭 신자로서 하루하루를 조심조심 건너가는 시인이다. 그러나 생활 속에서 포착해낸 그의 작품들은 다양하고 자유분방하다.

봄 백양 / 가을 내장
철따라 붐비더니

꽃 지고 / 단풍 지니
인적은 간데없고
길 잃은 / 산새 한 마리
어미 찾아 우짖네.

—「세상 인심」 전문

봄 마중 / 나왔는지
옹기종기 모여 앉아

꽃망울 / 터뜨리며
무언가 수군댄다

한바탕 / 색깔 논쟁이
또 / 벌어질 조짐이다.

—「춘투」 전문

    시정의 모습을 그려 놓았다. 더 구체적으로 한국 정치의 풍경을 옮겨 놓았다. 보스따라 혹은 이해득실따라 소신도 철학도 없이 몰려다니다가 어느날 그 권세 지면 적막한 겨울 풍경이 되는 시정 인심의 야속함을 「세상 인심」은 노래하고 있기 때문이다.

    「춘투」에서는 봄 꽃망울의 개화하는 아름다운 모습에서 갑자기 색깔 논쟁을 끌어와서 긴장감을 고조시킨다.

의대 본과 3학년
하계 무의촌 진료소에서

한 아낙네 / 아이의 열이 높다며 데리고 왔다

3학년 / 본과 학생이라면
아이 병은 고칠거라고.

　　　　　　　　　　　—「해프닝 3」 전문

응급실에서 / 볼 수 있었던 웃지 못할 대화

보호자에게 / 환자와의 관계를 물어보면

한 달에 / 서너 번 갖는다면서 / 몹시 / 쑥스러운 표정.
　　　　　　　　　　　—「해프닝 2」 전문

어디가 / 아파서 오셨느냐고 / 의사가 묻는 말에

그것을 알면 / 왜 병원에 왔겠느냐고

할머니 / 버럭 화를 내며 / 창 밖으로 고갤 돌린다.
　　　　　　　　　　　—「해프닝 1」 전문

홀 직경 108mm

미스 샷 이유도 108가지

매 홀마다 / 더블 보기를 하면 / 스코어도 108

세상사 / 108번뇌와

어쩌면 이렇게도 / 맞닿아질까.

　　　　　　　　　　—「골프와 108번뇌」 전문

　「해프닝 3」에서 우리는 정말 해프닝이라는 단어에 걸맞는 풍경을 본다. 그런 풍경 속에도 안 보이는 그늘이 있다. 1960~70년대 의료 혜택에 목마른 이 땅의 서민 풍경을 겹쳐 읽게 되기 때문이다.

　「해프닝 2」에서는 생활 속의 유머를 읽게 된다. 엄격한 신부같은 지성과 신념의 노교수의 삶 속에도 이런 여유가 있었구나 하는 확인이 우리 모두를 즐겁게 해준다.

　「해프닝 1」의 경우 「해프닝 3」처럼 해프닝이면서도 해프닝이 아닌 묘한 페이소스를 가져다 준다.

　「골프와 108번뇌」는 재치있는 시조다. 「해프닝 2」가 옛날같으면 외설이라 할 만큼 아슬아슬한 유머시지만 이 작품은 작자의 상식이 교묘하게 엮어 만든 유머시다.

　물론 두 작품 모두 큰 울림은 없다. 그러나 이러한 시도는 이 시인이 시조를 자유분방한 정형시로 만들어 보려는 투철한 실험정신을 읽을 수 있기 때문에 충분히 의미 있는 작업이라 할 수 있다.

해변에 / 누워 잠자던
고독의 화려한 외출

정지된 시간들이 부스스 깨어난다

태곳적 / 침묵의 신비
소리되어 일어선다.

어둠이 / 남기고 간
전생의 이야기들

파도의 넋이 되어 바람에 일렁이지만

내 어이 / 헤일수 있나
속 깊은 그 언어를.
                                    —「수석」전문

한 나무에 / 또 하나의 가지를 접붙였다
접붙인 / 실가지에 / 새싹 눈뜨리니

이제는 / 한 핏줄 되었네

더 이상 외롭지 않을.

—「입양아」 전문

인용한 두 편은 시인의 자질을 충분히 보여주는 울림 있는 가작이다.

어느날 우연히 만난, 발견되지 않았더라면 이름모를 하나의 돌에 불과하였을 「수석」의 물결무늬를 보면서 그가 유추해내는 이미지들이 아름답다. 그리고 더 이상 열 수 없는 비밀에 대한 토로는 허사처럼 상투적이지 않다. 이러한 관찰력은 시인이 반드시 지녀야 할 투시력이다.

입양아는 대상에 대한 시인의 사랑을 잘 읽을 수 있는 작품이다. '입양'을 '가지', '접붙이기'로 그는 보고 있다. 그래서 새로 한 나무가 되는 과정으로 묘사하고 있다. 물론 놀랄만한 의외의 발상이 아니다. 그러나 이러한 소박한 비유가 소아과 의사로서 그가 병원에서 보아온 많은 비극 속에서 만나게 되는 기쁨이 아니었을까 하는 생각을 하게 하고 그 생각이 잔잔한 감동으로 다가온다.

3

앞서 읽은 시조는 황경태 시인의 생활 속에서 만나게 된 풍경에 대한 작자의 다양한 시선을 보여주는 작품이다.

소아과 의사로서, 여행자로서, 생활인으로서, 때로는
진지한 관찰로, 때로는 유머로, 때로는 예리한 시인의
상상력으로 씌어진 작품이다. 그 작품들은 제일 먼저 황
경태 시인의 작품을 읽는 첫 번째 흐름의 것이다.

이제 두 번째 흐름인 수신修身의 시를 읽을 차례다.
이 경향의 시조에서는 ①자성의 시, ②겸허의 시, ③무
욕의 시, ④감사와 사랑의 시로 세분화해서 살필수가
있다.

고백실에 들어서면 / 눈앞이 캄캄해져 / 동공에 / 숨
긴 위선 / 낱낱이 고백하네 / 어둠이 / 마음의 문도 / 열
어주나 봅니다.

지은 죄 부끄러워 감추려 했습니다 / 지은 죄 너무 많
아 두려워했습니다 / 마음이 너무 괴로워 달아나려 했습
니다.

— 「고백실에 들어서면」 전문

허울 다 / 떨궈내고
홍시 하나 덩그러니

바알간 / 늦가을이

허공에 걸려 있다

인욕人慾이 / 채 닿지 못한
하늘 가지 꼬옥 잡고.

풋감에 / 햇살 담아
구워낸 등불인 양

저녁 노을 펼쳐 놓고
무위의 춤을 춘다

채워도 / 허기진 마음
허울 쫓는 나를 본다.

—「홍시 하나」 전문

  두 편 모두 자신의 삶을 되돌아 보고 있다. 시적 의장
을 갖춘 가작으로는 「홍시 하나」가 이 시집 전체를 대표
할 만하다. 늦가을 적요의 공간에 등불처럼 매달린 홍시
하나에서 무위無爲의 상념을 풀어낸다. '허울 다 / 떨궈
내고' 익어가는 감은 이미 인간의 욕망이 닿지 못할 거
리에 있다. 그렇게 다 떨궈낸 줄 알았던 허울을 '채워도
/ 허기진 마음'이 또 쫓고 있으니, 아무래도 홍시는 인

간이 사는 세상쪽으로 떨어지기 마련인가 보다.

　우리는 지금 이 시인이 얼마나 스스로의 행동에 의미를 부여하고 바르게 걸어가려 노력하고 있는가를 추적하고 있다. 「파도」, 「후회」, 「미련」 등 적지 않은 작품들이 이러한 계열의 시조라고 보여진다.

　겸허의 자세를 담고 있는 작품으로는 다음과 같은 예를 들 수 있다.

　　올해에 / 못 이룬 꿈
　　헤어보니 여럿인데

　　남들은 / 속 모르고
　　모자람 없다 하네

　　이보게 / 해 바뀌는데
　　어찌 / 무상無想하리.
　　　　　　　　　　　　　　　—「섣달 그믐」 전문

　　인술의 / 등불 밝히려
　　마음 밭 김매어 온 어제

　　나그네 / 살아 온 길에

영욕도 없었건만

거울에 / 비추인 은발
마주 보니 아쉬워지네.

—「무상 3」 전문

두 편 다 시간 없음 혹은 시간의 빠른 속도를 아쉬워
하고 있다. 그러나 그러한 자탄은 의사로서, 학자로서,
혹은 신앙인으로 이루지 못한 꿈에 대한 뜨거운 실현 의
지를 노래하는 것이다. 흔히 우리가 얘기하는 명예, 권
력, 물질과 같은 세속적 욕망의 성취에 대한 의지가 아
니다. 「마음 다공증」, 「설날 아침」등 여러 가지 작품에서
일관되게 시적 화자는 은혜롭고 아름다운 세상을 이루
는 데 스스로 기여해야 하고 기여하고 싶은 열망을 드러
내고 있다.
　　무욕의 상태를 그린 예로는 다음 작품을 인용할 수 있
다.

가을 잎 / 가벼워지면
저 홀로 떠나듯이

허욕에 / 들뜬 마음

세월에 매고 배 띄우니

이제야 / 삶의 욕심 벗어난
철부지의 무심이네.

—「무상 1」 전문

두 나그네 / 눈길을 말없이 걷고 있는데

한 사람 발자국만
점 점 남아 있다

아마도 / 앞서 간 발자국
되밟으며 갔는가 보다.

—「무상 4」 전문

　「무상 1」은 지나치게 솔직한 마음의 토로지만 작자의
심리상태를 확실하게 보여주는 작품이고 「무상 4」의 경
우 마치 군더더기 없는 한 폭의 추상화처럼 가슴으로 읽
는 아름다운 작품이다. 이 경우 성공한 사의 예처럼 독
자에게 상상의 공간을 비교적 넓게 열어놓은 경우가 된
다. 그리고 바른길로 어느 누구에게도 피해 주지 않으려
는 정결한 삶의 한 모습을 그려놓았다고 했을 때 그 무

욕의 이미지를 이 작품 이상으로 그리기도 어렵다는 해
석 또한 가능하다.

　　　오늘을 / 줍고 보면
　　　남은 건 어제일 뿐

　　　하지만 다시 헤면
　　　내일 있어 사는 삶

　　　오늘도 / 하루의 선물
　　　감사하며 삽니다.
　　　　　　　　　　　　　　—「오늘」 전문

　　　강산이 / 붉게 물든 것은
　　　추워서일 뿐입니다

　　　행여 / 꿈속에서
　　　다시 만나 뵙더라도
　　　속 마음
　　　초록빛 마음
　　　의심하지 마옵소서.
　　　　　　　　　　　　　　—「단풍 1」 전문

제 몸 / 스스로 녹여
흔적을 감출 때까지

닳아지는 / 아픔 안고 일생을 마친다

세상에 / 이런 희생을
받아들이는 이 몇이나 될까.

— 「어떤 삶」 전문

　감사하고 사랑하는 아름다운 마음이 담긴 작품들이다. 황 시인의 시세계에서 가장 많은 비중을 차지할 뿐 아니라 기법상으로 우수한 작품도 많은 편이다.

　감사할 줄 모르는 사람은 사랑할 수가 없고 사랑을 할 줄 모르는 사람은 진정으로 감사할 수가 없다. 감사하고 사랑하고 드디어 「어떤 삶」에서처럼 봉사하며 살고픈 것이 이 시인의 소망일 뿐 아니라 그 소망에 가까운 삶을 살아오신 듯하다.

　마지막(제4부) 자유시의 경우에도 앞서 분석한 바와 같은 경향의 시를 그는 쓴다. 응축된 정형으로 다 할 수 없는 얘기들을 다소 호흡이 길게 이끌어가는 것만 다를 뿐이다.

4

황경태 시인은 마치 사랑의 편지를 쓰듯 시를 쓰는 사람이다. 외화내빈의 깃발을 들고 문단을 기웃거리는 설익은 시인이 아니다. 이 시집을 그의 생애의 한 수확으로 주위의 권고에 힘입어 세상에 내어놓을 뿐이다.

현대의학의 첨단에 서서 직접 인술을 베풀고 연구하는 선도적 위치에 있는 대학교수로서 우리 민족의 전통 정형시인 시조에 애착을 가진 것도 흥미로운 일이지만 돌다리도 두드리며 건너듯 천천히 생각하고 반성하며 하느님의 뜻과 함께 살아온 이 시인에게 결코 우연은 아니다.

이 시집의 상재와 더불어 시와 삶의 길을 새롭게 헌신할 한 시인의 내일을 기대하며 축하드린다.